연둣빛 새순

연둣빛 새순

일과시 제6집

갈무리

2001

● 제6집을 내면서

다시 길 떠나며

일하는 가운데 즐거움이 없다면
노동이 아니라 노역이지요
이제껏 우리는 노동을 한 번도 해보지 못했습니다
더욱더 참담한 것은
지금 이 순간 노역이나마 할 수 있느냐, 없느냐조차
보장되지 않는다는 것입니다

다행이 민족 화해와 통일의 희망이 살아나긴 했지만
우리의 불안을 다 녹이지는 못할 것입니다
여지껏 우리가 누린 것은 어색한 휴식과
소주 몇 잔이었을 뿐
그보다 버티어 내는 데 많은 정열을 부어버리고 말았습니다

이제 또 한 번 그나마 남은 정열을 모아 한데 묶으면서

작고 진부하기도 한 이 함성이
저 무서운 벼락을 막아내는 데 도움이 될지 안 될지 따위의
의심은 더 이상 하지 않습니다

한편 이번 제6집부터 오랜 벗으로 주변에서 늘 함께 했던 김
해자, 송경동 제형이 동인에 함께 하게 되었습니다
모쪼록 큰 관심 바랍니다

노예의 멍에를 벗고 노동의 즐거움을 찾아 누리려는
춥고 먼 길을 함께 가는 동지들 모두
따스한 마음 주고받으며
부디 힘내시기를…….

2001년 2월 <일과시>

차례

이한주

조태진

김해자

허물로 남은 노래
수많은 나
송림동 카바레의 추억
나무, 아미타불
한밤중
고리
大宇雨中

61년 목포 출생.
90년부터 <인천노동자문학회>에서 시작 활동.
98년 『내일을 여는 작가』 여름호에 「기다림」 외 5편 발표.
현재 진보생활문예지 『삶이 보이는 창』 발행인으로 일함.

허물로 남은 노래

모란공원,
잎 떨군 나뭇가지에 몸 빠져나간
매미 허물이 서리를 맞고 있다

굼벵이는 기다렸으리
나무 뿌리 밑에 터널을 뚫고
제 오줌으로 흙 이겨 벽을 바르고
어둑한 세월 지나 새벽이 오기를

어느 날 나아갔으리
벽을 밀고 천장을 뚫으며
긴 터널을 빠져 나왔으리
제 몸 속에 꽉 찬 매미를 품고
더듬어 더듬어 빛을 향해

제 등 갈라 연둣빛 매미를 낳았으리

나뭇가지에 달라붙어 필사적으로
바닥으로 떨어진 놈도 있었으리 그 사이
참새 입으로 들어간 놈도 있었으리

하지만 살아남은 놈들
사랑한다 사랑한다 수없이 날개를 떨며
사랑하자 사랑하자 간절히 날개를 부비며
쓰르쓰르 맴맴 맴맴맴 매앰 매~ 앰~
노래했으리
비,비,비~ 날개가 오그라들 때까지

노래는 사라지고 허물만 남아
뜨거운 한때 노래하다 떠나간
매미를 증거한다

수많은 나

울다 문득 나를 들여다보니
나를 울린 사람이 내 속에 들어 있어
미워하다 괜스레 미안해져 되돌아보니
내가 미워하던 바로 그것이 내 안에 있어
내 가슴에 가득 가득 사람이 들어 있어
도리질치다 무릎 꿇고 눈을 감으니
운강석굴 석불이 무심히 서 있어
천년의 모래바람 속 눈도 꿈쩍 않고
어쩌면 알 것도 같아
가슴팍에도 머리에도 우글우글
새끼부처를 새긴 석공의 마음을
작은 부처로 거대한 석불을 빚은 장인의 마음을
새끼부처를 떼어내면 이미 부처가 아닌 것을
내 속의 나를 잘라버리면 내가 아닌 것을
사람이어서 사람을 미워하고
사람 때문에 울기도 하는 것을
아직 사람이어서

송림동 카바레의 추억

재능대학 문학포럼 끝나고 가는 길
칠이 군데군데 벗겨진 이층 건물
카바레가 있던 자리 단란주점 네온이 반짝인다

춤을 추었던가 철 지난 겨울잠바를 걸친 채
온종일 신발 혓바닥을 박아대던 실밥을 달고
엉거주춤 스텝을 밟았던가 스물 일곱 살의 여자는
카바레의 무용담을 늘어놓던 노란 블라우스의 육담보다
신발 밑창을 붙여대던 본드냄새가 더 진득했던가
미친 듯 춤을 추면 바람 든 남편 따윈 잊을 수 있다던
땀에 젖은 그이 얼굴이 본드처럼 번들거렸던가
송림동 언덕배기 살던 과부 정씨와 소주를 들이키며
게바라도 카바레에서 춤을 췄을까 생각하기도 했던가
술에 취해 막막하게 밀려드는 어둠 사이로
불빛 깜박깜박 돌아가고

낡은 기억 속 80년대식 카바레에서
이제는 그때 정씨만큼 세월을 살아버린
여자가 낯설게 서 있다
그래, 외로웠던 게지
발바닥이 부르트도록 춤출 만큼
고개를 끄덕이며.

나무, 아미타불

산다는 건 저런 것이다.
비 오면 비에 젖고 눈 오면 허옇게 얼며
천지사방 오는 바람 온몸으로 맞는 것이다.
부스럼 난 살갗 부딪혀 간 수많은 자국들
버리지 않는 것이다.
엊어맞으며 얼어터지며 그 흉터들 제 속에 담아
또 한 겹의 무늬를 새기는 것이다.
봄빛 따스하면 연둣빛 새순 밀어 올리고
뜨거운 여름날 제 속으로 깊어져 그늘이 되는 것이다.
믿는 도끼에 발등 찍힌다는 속담도 모르는 나무는
자기도 모르게 발등 내주어 장작이 되고 의자가 되는 것이다.
나무, 관세음보살

한밤중

삼백 날이 다가오도록 일기 한 줄 쓰지 못한 나는
삼백 날이 넘도록 울면서 시 한 줄 쓰지 못한 나는
그래서 하루의 무용담을 노래하지 못하는 나는
일 년 삼백예순 날 누군가를 위해 울지 못한 나는
이 밤중에 나의 누추를 운다

고개 돌려 나의 상처에 귀기울인 동안
겨울이 가고 어느새 나뭇잎은 무성해지고
누군가는 또 병들었다
내 앞의, 내 안의, 또 내 뒤의 고단함에 지쳐
병석에서 뱃살만 늘려온 나는 죄만 늘려온 나는
아니다 아니다 고개만 흔들어 온 나는
지금 한밤중이다

고리

새벽 귀갓길 강도를 만난 이후
나는 자유인이 되었다
분실신고 할 게 그렇게 많다니
쓸데없이 무거운 내 껍데기를 비웃으며
아무 것도 없이 살아보자 호기도 부리고
도시 속의 은둔을 꿈꾸기도 했다
전화수첩이 없으니 전화 걸 사람도 없고
통장과 신용카드가 없으니 찾을 돈도 빌려쓸 돈도 없었다
신분증이 없으니 나를 증명할 일은 영영 없을 것 같고
가방을 털려도 잃을 게 없고 잊기만 하면 만사 오케이였다
간뎅이는 계속 부어올라 쌓이는 고지서도 영수증도
다 쓸어넣어 버리자 무정부주의자라도 된 듯
나는 은근히 나의 부재를 즐겼다

보름도 안 되어 나는 자유가 불편한 것임을 알았다
쓸데는 늘어나고 신용은 정지되고

내가 누구인지 증명해야 할 일만 생기고
누군가 안부를 물어오면 미안하단 생각부터 들었다
차츰 나는 알게 되었다 나만 잊고 숨는다고
자유란 놈이 얼씨구 안겨주지 않는다는 것을
꿰미에 꿰인 조기 속의 나를 본다
덕장에 걸린 수천 마리의 오징어 속에서 나를 본다
이름과 명세표와 돈과 주민등록번호와 전화번호와
또 번호들의 번호와 그 번호들의 번호의 수많은
고리에 꿰어 있는 나여
나는 나의 부자유를 수긍하기로 했다

大宇雨中

새벽 다섯 시 부평 인력시장
잿빛 작업복 너덧 옹송거리고 있다
오늘은 어디로 팔려 갈까
계양구청 신축공사장일까 중동아파트 건설현장일까
철골 구조물 빼내는 막노동이라도
터널 공사장이라도 자리만 있다면
하릴없는 기다림 끝 비는 내리고
젊은 작업복들 빠져나간 자리
늙수그레한 작업복들만 비에 젖는다

깎을 만큼 깎고 견딜 만큼 견뎠는데
기다리라 해서 기다려도 봤는데
돌아가다 말다 하던 콘베어벨트는 끝내 멈췄다
마이너스 통장도 깨서 쓸 적금도 이제 없다
누비라는 거리를 잘도 누비는데
낡은 작업복은 누비고 다닐 데가 없구나

봉투라도 접어볼까 아내 앞에 꿇어앉아
한 판에 40원짜리 컴퓨터 키보드를 끼워볼까
할 일 많은 우중이는 우주를 유람하는데
20년짜리 작업복은 인간시장을 유랑한다
不平 거리 부평초로 떠돈다

송경동

1967년 전남 벌교 출생.

1992년부터 <구로노동자문학회> 활동.

1998년 『처음처럼』과 시집 『왜 딸려!』(갈무리)를 통해 작품활동 시작.

현재 <전국노동자문학회> 대표 및 『계간 삶글』 편집위원으로 일함.

아침

새벽 잠결 떨치고, 오토바이 타고
화공약품 내음 싸한 싱그런 공단로를 이빠이 달리다보면
어느새 아버지가 뒷자리에 앉아 계신다
히히, 웃으시며

"참 좋다. 나도 진즉 서울로 올 걸 그랬제.
늙은 사람도 헐 만한 일이 있던?" 하시며

친구처럼 꼭 붙어 신나 하신다. 등이 따숩다

발파공의 편지

새벽, 애비는 또 막장으로 간다
늘 어둔 벽과 만나는 길이었지만
이제 와 다른 어떤 길이 있으리
지하로 지하로 가는 우리
어떤 이는 삽을 씻어들고 간다
당신은 드릴을 메라 하고
다이너마이트를 안고 애비는 간다
작업량 완수를 다짐하는
관리자들의 빛나는 구두 밑창을 지나
월남전 지나 사우디 지나
우인치*에 실려,
지하철 공사장 밑까지 내려가다 보면
우린 무엇을 뚫으며 살아왔는지
암반처럼 막아서는 거대한 의문
하지만 우리가 아파야 하는 까닭은 없다
나와 내 동료들의 청춘은

그 많은 폭음 속에서도 무너지지 않았던 것을
매만져보면, 화약가루야
우리네 인생살이 마냥 곱지만
절망의 불꽃이 닿으면 모든 것 날려버리고 마는
저 다이너마이트의 가슴처럼
우리들의 발파는 아직 끝나지 않았음을
새벽, 애비는 또 막장으로 간다

---

* 우인치 : 짐이나 사람을 실어 나르는 공사용 승강기를 일컬음.

일 잡혀 돌아오는 맑은 날 정오

오늘은 마누라와 그 짓을
한판 대판 해야겠다
일 끊긴 한 달 새
지지고 볶고 던지고 깨부수던
사랑의 균열을 이어야겠다

양파처럼 맨 그 옷인
마누라 헌옷도 이 참엔 확 벗겨 버리자
은행빚 공과금 아이먹이
채소값 하나에도 멍들던 마누라 근심도
확 벗겨 버리자

음울하던 점집 깃발도 한갓지게 흔들리고
모르던 꽃도 피어 날 반기는데
어서 가자 어서 가
오늘은 마누라와 그 짓을

한판 대판 해야겠다
지치고 어둔 마음에 볕 한 줄 들도록
사랑의 주사부터 한 대 콱,
놓아야겠다

나우정밀 해산총회 이야기

목련은 다 져 몇 잎 안 남았습디다

살아온 날이 부끄러운 사람들 조촐히 귀빈이라고 의자에
앉혀주고
조합원들은 식당바닥에 보르바꾸 깔고 앉았습디다
삼삼오오 아줌마들 수다는 참새 떼처럼 즐겁습디다
딸은 시집보내 봤자 남의 집 일만 평생 한다고
집살림 떠맡은 지 18년째인 점순아지메 일갈하자
무슨 소리냐고, 다 제 집일 하는 거라고
맞벌이 10년차 순주아지메 댓거리 합디다
일자린 구했냐는 말에 쉰 넘은 노인네들을 받아주는 데가
어덨냐며
식당도 일용도 마흔 넘으면 받아주는 데 없다고 합디다
이들이 그 유명짜하던 나우 10년을 지켜왔던 사람들입디다
마흔에 쉰에 늦봄처럼 노동운동 알았지만
젊은 것들은 싸움 못하니 나와라 하고 팔뚝 걷고 싸우던

사람들입디다

　예년엔 많던 동지회 같은 것도 꾸리지 않기로 했답디다

　십년 세월 싸워와 원 없어서인지

　이들 이제 문득문득 기억나는 눈물겨운 사람들이 되려나

봅디다

　남부서 애들은 오늘도 나왔습디다

　열심히만 살면 우리 일기는 다 저놈들이 공소장에 써줄 거

라는

　누군가의 웃음이 새털구름처럼 밝습디다

　그러나 나우마저 없어지면,

　개나리는 이제 피어 파란순이 더 많습디다

저녁빛

가까스로 하룻일 마치고
간이 세면장 거울 앞
알몸으로 서면
데인 자리 긁힌 자리, 찍힌 자리 모두
쇳가루 흙먼지 땀으로 버무려져
고운 청동빛

비닐 휘장
간간이 휘휘 펄럭이고
쓸쓸한 소슬바람이래두 한 점 불어
그 속살
상긋이 어루만져 주고 가면
죄인처럼 이유 없이
고맙다 고맙다 하며
정성스레 하루의 허물도 씻는 오후
저물녘,

현장의 불빛이 맑다

마음의 창살

상대방이 원수같이 보일 때 비로소 우리는 자신이 善의 入口에 와 있는 줄 안다.
— 윌리엄 블레이크 「이혼수첩」 중에서

잡범 징역 세 번 살며 배운 거라곤

내 밥그릇 두 개면
누구 하난 밥그릇이 없다는 것

내가 떡잠이면
누구 하난 새우잠이라는 것

낙하산 타고 들어온 놈 있어
세월 가도 왈왈이 되지 않는다는 것

싸우려면 끝까지 싸워야지
도중에 그만두면 영원히 찌그러진다는 것

어머니의 기도

칸막이방 열린 틈새로
어머니는 밤 기도를 드리시고
나는 건너방에서 바퀴벌레를 잡는다

생각커니,
어머니는 한때 팥알을 씻어 절깐엘 다녔었고
교회 아카시아 돌계단을 올랐으며
이젠 미사포를 넣곤 성당엘 다닌다

어머니의 구원은 언제쯤 이루어질까

어머니가 묵주를 하나씩 돌릴 때마다
슬금슬금 기어나오는 바퀴벌레들

어머니의 하얀 꿈을 까맣게 눌러 죽인다

청춘

초가을 아이와 강가에 나섰다
저게 뭐지, 하고 물으니
아이가 '가양' 한다
'강에는 무엇이 흐르지' 하니
아이가 '무우물' 하면서 재밌어 한다
나는 자꾸 묻고 싶어진다
'그럼 물이 흐르면 뭣도 따라 흐르지'
초가을 바람이 쓸쓸한 횟칼 같다고 느끼며
'세∼월' 하니, 아이가
'에∼월' 하며 말 한마디를 배운다

아이는 모를 말을 자꾸 하는 나를
어떤 흑백필림 속에 담을까, 아이는
회오리 진 곳으로 파고드는 물처럼
까무룩하니 자꾸 품속으로만 파고든다
이내 뒷머리가 흥건히 젖어오는 아이의 귓볼에

‘세월이 가면 넌 어떻게 되지’, 하며
웃자란 맨 풀을 한 움큼 뜯어본다
가만히 ‘청·년’이라고 말해 본다
그 뜨거운 말이 목에 걸려 넘어가지 않는다

아빤 다 자라기 전에 뜯겨버린
이 풀 한 움큼마냥 힘겨워 했지만
아이야, 청년이 되면 청년은
뜨겁게 살아야 한단다 물러서지 않고 꺾이지 않고
……
이제 누구라도 사랑할 수 있으리란 쓸쓸한 자책이
저녁강에 유해처럼 빛난다

九切里

정선만 가야 아라리라디
강릉 못 가 하진부 내려
무심천 따라 터벅터벅
발길 닿는 자갈길에
생가슴도 짓이기며 가는데

억수 장마가 오려나

하늘은 쑥국처럼 검고
궂은 봄날 회한만 파랗게 돋아
저 산도 그리움으로 서 있는 걸까?
가라 가라
흙먼지 휘몰아 때리는 바람 앞에
살아 생전 검불들도
뿌리내리고 싶은 꿈은 있는 거라고
채찍 들어 항변하고 싶은 마음

왜 세상이 다 구절양장인데
정선만 가야 쓰라리라디

김기홍

칼

내가 지은 집

나는 몰라요

자랑거리

아이의 꿈

삼월의 죽음

안면도 소나무 숲

1957년 순천 출생.
1984년 『실천문학』 5권에 「흔들리지 말기」 외 4편 발표.
1986년 제1회 <농민 문학상> 받음.
1987년 시집 『공친 날』(실천문학) 출간.
현재 1980년대 초부터 잡지사 기자, 출판사 영업, 편집,
KBS극작가 연수 교육, 식당, 농사를 거쳐 전국을 돌며
공사장 일용직, 철근쟁이로 일함.

칼

칼 하나 그리워 칼을 버리네.
이 산 저 산 넘을 때
넘어질 때
가슴에 쉽게 쉽게 돋는 칼들

고개 하나 오르면 속을 찌르네.
강 하나 건너면 살을 도리네.

세상 어느 길이 순순히 문을 열더냐.
안개벽 뚫고 가면 가시넝쿨이
바위벽을 넘으면 수구렁이

담배 씨앗보다 작은 품에
켜켜이 쌓인 노여움만, 끓어
넘쳐, 칼이 되어
자르지 못하는 강에 나가 강물로 울다

부수지 못하는 어둠 속에 먹물로 울다

쌓인 칼들 버리고 칼 하나 드네.
갈 길 멀어 보이지 않는 길에 칼춤을 타네.
한 푼도 되지 않는 아집에
자신도 못 보는 꿈에
한 깍정이도 못 되는 영웅심에
검부적 하나 태우지 못하는 분노에

사무친 세월 뼈 녹여
죽어서도 흐르는
퍼내도 퍼내도 마르지 않는 어머니
당신의 사랑으로
소리 죽여 갈던 칼 하나

내가 지은 집

바람도 피해 가느냐
깃발은 어깨를 내린다.
받침대 볼트를 조이는 망치질
혈관을 점검하는 전공들
소금이 여문다.
짓밟아도 견딜 만한 뼈들을
좌우로 엮고 허리를 펴면
항타기는 숨을 몰아쉬며
격정적인 동작으로
다시 몇 동의 아파트 뿌리를 심는다.
누구인가. 전기톱에 잘린 손가락
무전기에서 쏟아져
일꾼들 가슴에 출렁이는 핏줄기
파도에 휩쓸려
아우성치며 십 수년
이렇게 집을 짓고 살지만 진정

내 집은 어디에 있느냐.
지어도 지어도 무너지는 집을 짓다
닳아진 껍데기 빈 들녘 끌고 나가니
허물어진 그 자리

오! 그만이어라.
어느 왕국의 임금이
이토록 많은 초롱을 천장에 매달 수 있었으랴.

나는 몰라요

묻지 말아요. 나는 봉사
비좁은 이 길에 모가지라도 댕강 떨어지면
굴러 들어간 대가리 마누라에게 걷어채여
튀어나온 눈알로 허름한 주막 구석 파리나 되었다가
남긴 술잔 쪽쪽 빨아먹다 하직할 것을
나는 몰라요. 폭풍 몰아와
서는 것도 힘든 날, 겨울비 치던 날
공정 바쁘다 인부들 비옷 입고 뛸 때
난로 아래 코를 골던 소장님 골마리 속
다방 아씨 사두를 잡았는지 용두를 잡으셨는지
포개 앉아 어음~ 어으음~ 삼매경을 외다가
사무실 소파 요동친 후 경쾌하게 미끄러지던 모습을
아, 나는 보지 못했어요.
발주회사 기성 칠 할이 석달 어음이라
사장님 부장님 백방으로 돈 구하러 다닐 적
유령인부 몇 명 소장 머리 숲에서 나와 춤추는 걸

보지 못했어요. 묻지 마세요.
노임이 꼬였다, 빠졌다, 깎이었다
연장들 내던지고 욕설 퍼부어도
회사에서 그렇게 나왔다 말하는 입술 속에
칼이 있는 것을 보지 못했어요.
적자 공사다. 공사 입찰 담당자 물러가고 일 다그칠 때
자재들 소장 차에 실려 나간 것을
아, 나는 본 적 없어요. 일 바쁜데
소장님 어디 갔느냐, 묻지 마세요.
작업팀장 회사 직원 사이좋게
갈비야 등심이야 원기 돋우고
믿는 구석 있는 지하 노래방
이야! 밥이 왔다. 척! 하니 착! 하는
야들야들 달착지근한 이팔청춘 가시내들
맥주가 양주를 만나고 노래가 춤을 만나
계급도 나이도 성별도 없는 해방 천국 여기 있구나.

빳빳한 백만 원 다발 나부끼면
앞다투어 벗어던지는 브래지어 찢어지는 팬티
앗살하게 감출 것 없는 깨끗한 몸으로
핥으면 빨아주고 빨아주면 뽈아주고
밭을 갈고 씨를 심고 비틀기 용쓰기
부루스인지 지루박인지 탱고인지 랩인지
쉬지 말고 때려라. 홍콩 가신다.
솔숲에서 맥주 솟고 담배 연기 피어오르고
으랏차차 소파 위에 으랏차차 벽치기다
으랏차차 매달린 채 으랏차차 구부린 채 어랏차차
힘 좋고 기술 좋아 쓰러지지도 않고 요대로
아파트 빌딩 몇 채는 그냥 세우시겠다~
성납도 상납도 없이 밥 먹고 보약 먹고
건물은 잘도 올라가는데
시간은 왜 그리 눈치가 없는가
쳐다보고 바라보고 훑어보고 째려봐도 그저

사장님 사장님 돈 싸장님 여기 오면 평등평화 돈 싸장님
인부도 기사도 싸장님 감독도
빙빙 도는 돈 싸장님 어사와 어사와
어리석은 나는 귀머거리
절대 들은 적 없어요. 다만
작업 공정 늦어지면 남는 것 없다
눈 비 바람 모래 합판 몰아치던 날
날고 긴다는 작업팀 손을 씻던 날
우리 좆빠지게 일했다는 것밖에
비굴을 벗삼아 뼈빠지게 일한다는 것밖에

자랑거리

아이들에겐 때로
버려진 깡통도 자랑거리지.
또래 아이들에게
만나는 어른들에게
"우리 아빠는 공사장에서 일해.
아주 높은 아파트도 지어"
자랑하는 저 녀석

사춘기가 되어
제법 제 자존심도 지키고 싶을 때
그 때도 그렇게 말할 수 있을까
흰머리 많이 돋은 아버지를 생각하며
한 대의 기계를 고치며
작은 볼트 하나가 얼마나 큰 역할을 하는가
쓰레기통에 가차없이 버려지는 낡은 모습까지

아이들에겐 때로
망가진 기계도 자랑거리지.
여우볕에 풀잎 썰어 약술을 만들며
부모 놀이를 하며 때로는
새로 사 온 녹음기도 고장난 장난감이지.

아이의 꿈

아빠가 공사장에서 일한다며
연장 다루는 흉내를 곧잘 하는 아들녀석 꿈은
지 애비가 일하는 공사장 옆
놀이터에 놀러가는 것이었다.

벚꽃이 길을 덮고 달력을 보는 사람들은
주야장천 꽃놀이 뱃놀이 바쁜 시절
고르지 못한 날 중에 괜찮은 날
미끄럼 터널이며 정글 오르기
모래집을 짓다 허물다 녀석은
꽃을 머금은 화초의 순을 떼기 시작했다.

아이, 글지 마라!
더운 날 추운 날 견뎌 왔는데
저것들 꿈을 뺏으면 얼마나 아프것냐
즈그 식구들은 또 얼마나 울겄냐

……?! ……?

우리들 모가지는 더 쉽게 떨어지지.
추풍낙엽처럼 알아서 떠나기도 하지만
수단 방법 가리지 않고 대가리부터 들이미는
요즘은 살아 남는다는 게
기적일 수밖에

삼월의 죽음

풀잎은 힘들게 잠에서 깨어났다. 언 이불을 밀치며
무단 결근했다고 들어먹은 욕이
성원 형님 등뼈에 달라붙은 배를 채우고
흙바람도 덩달아 푹 꺼진 눈자위를 채웠다.

식구들 떠올리면 억울도 비굴도 건너야겠지만
부딪치면 막상 신심이 약했을까
오야지 욕심 더럽다. 떠날 사람 다 떠난 뒤
폐자재 검부재기만 남아 낑낑대는
측간 옆 굼벵이 기어드는 자취방을 걷어차며
바람은 소리쳤다. 변성원이가 죽었다요. 형님

나누어 줄 사랑조차 없었던가. 먼발치서
제 몫만 챙기던 동물들 기어와 어이! 어이!
울음을 흘리다 가명 뒤에 숨은 본명에 흠칫
놀라기도 하고 화투나 돌리다가

찾아갈 것도 없고 남길 것도 없다
마누라 자식 하나 없는 놈 묻어 무엇하랴
일가 친척 서둘러 짐을 챙긴 뒤

오야지가 안 온다. 몰아치던 반장도 안 온다.
소주를 나발 불다 가슴을 쥐어뜯거나
더러는 취해 멱살잡이로 옷을 찢고
코피가 터져 범벅이 되서야, 부러
드러누워 하늘을 본다
병신아… 꼴통아… 미친놈아…
하늘마저 미쳐 버렸나. 어찌 저리도 파랑가

차라리 잘 죽었어. 월급 한 번
퇴직금 한 번 받아본 적 없이
국가위기다 부도사태다 변두리로 밀리며 표류하며
실낱같은 빛을 찾아 헤매지만

따뜻한 이 한 줌의 뼈가 다시 살아나
거대한 산맥이나 바다를 이루지 못한다면
살아야 할 이유란 도대체 무엇인가.

뼈를 뿌린다. 푸르러오는
산천 초목에 공사장 폐자재 속에
모여 단단히 묶이어 목말 하나 세우고
불구의 나라
메마른 강 뿌리에
눈물을 뿌린다.

안면도 소나무 숲
— 채광석 시인을 그리며

온 몸 펄펄 끓는 시인이 거니는 이 숲엔
가슴 붉은 사슴이 뛰겠네. 미끈한 소나무 숲
숨었다 나타났다 바람 저 홀로 즐겁고
이슬방울 물고 새들이 푸르르
솟아오르네. 배고픔 뒤로 시인은
민중의 설운 꿈으로 새긴 밧줄을 타고
한 움큼 머금은 햇살 저녁답에 풀어내면
낙엽 속에 누운 빛들 소나무 타고 올라가
어이~ 어이~ 소리치네. 어느 새 바람 달려와
바다 구름 날개들 붉게 물들이네.
어디서 선한 백성들 모여들어 가슴 쥐어뜯으며
피우지 못한 꽃들 시인 도와 노래 부르며
이름 없이 푸른 별 지는 나라를 향하니
줄줄이 붉은 옷 걸친 소나무들
생각마다 걸어 들어와
서쪽 바다 저녁답에 나를 잃고

그대들만 타오르네. 발등도
우리 선 밭도 산도 붉게 타오르네.

김해화

가을 모후산
가을노래
길 위의 사랑
축 새 천년 김해화 시집
발자국
새벽포구

1957년 전남 순천 출생.
1984년 『시여 무기여』(실천문학사)를 통해 작품 활동 시작.
1982년부터 공사장 노동자로 살아옴.
시집으로 『인부수첩』(1986), 『우리들의 사랑가』(1986),
『누워서 부르는 사랑노래』(2000)가 있음.

가을 모후산

쫓고 쫓기며
한 시대를 보낸 상처
총 칼 맞은
대꼬챙이에 찍힌
세월 흘러도 지워지지 않는
흉터에만 단풍 드는 산
다리 끌고 산몬당 넘어간 사내
피묻은 발자국처럼
모후산 단풍에서 비릿내가 나네

가을노래

자네는 살아남게
나는 죽겠네

살아남은 온갖 푸르름처럼
자네는 살아남아 푸르게
나는 핏빛으로 뚝 떨어져
뒹굴겠네 바스러지며
발길에 채이며 비에 젖으며
굴러가다가 어두운 길모퉁이쯤
차디찬 바람 앞에서 잊혀지겠네

곧은 꿈 깃대처럼 세우며
뜨거운 여름을 살았네
가슴에서 깃발의 펄럭임까지 피가 통하는
뜨거운 사람들의 시대를 꿈꾸었지
사람들은 우거진 푸르름 속으로 흩어져가고

쓸쓸하게 남아
휘청거리는 꿈 끝에 매달려 펄럭이면서
나는 깃발인가

펄럭이면서 작아지다가
작아지다가
가슴에서 펄럭임까지 피가 통한다면
나는 조그만 잎삭 하나
뜨거운 피 가득 머금고
늦은 가을날
나의 세상과 함께 뚝 떨어지겠네

이미 꿈을 굽히고 떠나
화분에 심겨진 벗이여
자네는 끝끝내 살아남아 푸르게
살아남아 푸른 세상과 함께

살아남아 무성하게

안녕

길 위의 사랑

주차장 옆 민들레에게
사랑한다고 말해버립니다

고향 길 동구밖 감나무에게
사랑한다고 말해버립니다

비 오는 저녁 캄캄한 하늘
깃들으러 환하게 날아가는 흰 새들에게
밤길 달리다가 우뚝 마주쳐
차 안 빤히 들여다보는 눈 말끔한 암노루에게
사랑한다고 말해버립니다

밤늦어 혼자 찾아간 포장마차
마주앉아 술 마셔주는 따뜻한 사람에게
삶에 지쳐 몸 기대오는 외로운 여자에게
비틀비틀 사랑한다고 말해버립니다

나는 사랑이 참 헤퍼서
길 가다 마주치는 모두에게
사랑한다고 쉽게 말해버립니다

그러나 어쩝니까 내가 사랑할 수 있는 이는
이렇게 먼 길을 함께 가는
당신뿐

축 새 천년 김해화 시집

하찮은 이름 탓
새로 나온 시집이 옛집에 가 있다는 전화
축하한다 반갑다는 말 대신
안 주거나 못 주거나 그럴 것 같은
인세는 어쨌느냐 다그치는 아내

하나님의 자식도 아니고
부처님의 제자도 아니고
그 흔한 조합이나 동문도 없어서
책 팔아줄 길 없으니
시집을 옛집으로 보내건 모른 체 하건
출판사에 할 말도 없고

두 달 만에 열사흘 치 일당 던져주고
일 되는대로 연락하마던 일터에서는
밤늦도록 소식 없어

내일도 사흘째 대마찌
그러니
일과시 서울 모임 가야한다는 말
순천 작가회의 회비 밀렸다는 말
서운하다는 말도 못하겠고

그냥 혼자 별이나 보기로 합니다
천년 뒤에도
이렇게 서 있어야 할 어느 노동자
자꾸 메말라 시어지는 눈 적시라고
오래 남을 별 하나
젖은 눈에 담그기로 합니다

발자국

긴 잠 자고 일어났더니
온 세상 눈밭입니다
아침에 길을 나서
저녁에 뒤돌아봅니다
성한 다리는 성한 발자국
상한 다리는 상한 발자국
그뿐입니다

새벽포구

추운 바람 속을 살다가
아버님 쉰 넘어 해소를 앓으셨지
새벽마다 쿨럭쿨럭
기침소리에 잠이 깨었네

자욱한 먼지 바다 건너다보니
나이 마흔 넘어
나도 이제 바튼 기침을 앓네
새벽마다 흙먼지 일어나는
가슴 쥐어뜯으며 잠에서 깨지

흐린 새벽 홀로 일어나
대대포구에 왔네
아직 먼동 트지 않아
바다도 갈대밭도 나누어지지 않은
칠흑의 포구

숨죽이며 앉아있는데 새들이 깨어나네
바다보다도 개펄보다도
갈대보다도
먼저
부시럭 부시럭 깨어나는 새들

쿨럭쿨럭 새들이 기침을 하네 그려
아하 새들까지 해소를 앓는
캄캄한 세상

문영규

애조

고향은

풍란을 사다

별은 아스라하다

아직 남아 있을런지

거제조선소에서

쓸쓸하여

불혹

1957년 경남 합천 출생.
<일과시> 동인지 제5집에 작품 발표하며 활동.
현재 경남 창원에서 노동자로 일함.

애조

모든 노래는 애조를 띠나니
아무리 우렁찬 군가라도
어쩔 수 없이 애조를 띠나니
애조 띠지 않은 노래는
노래 아니나니

모든 시(詩)도 애조를 띠나니
아무리 장엄한 서사시라 해도
어쩔 수 없이 애조를 띠나니
시 또한 노래이기 때문이나니
애조 띠지 않은 시는
시 아니나니

애조 깊어 노래 되었나니
애조 깊어 시 되었나니
우리도 모르는 사이
애조가 우리를 키웠나니

고향은

고향은
고향 비슷해도 절대
고향이 아니다
고향은
고향 근처라도 전혀
고향이 아니다

고향은 내가 아니면
고향이 아니다
나도 고향 아니면
내가 아니다

이곳 저곳
떠돌며 사는 동안
나는 내가 아니었다

풍란을 사다

아버님 제사 모시러
김해 큰댁에 왔다가
아내와 아이들은 거창으로 돌아가고
혼자서 거제조선소에 일하러 가다가
진동 부근 길가에서
한사코 풍란 한 촉 샀다

이것저것 둘러보다가
좀 시드름한 것은
겨울인 탓도 있으려니 하고
바람 불지 않는 비닐 하우스 안에서
풍란아, 너를 만육천 원에
잘 샀다 싶구나

일이 고달프고
사람이 그리울 때
대신 너를 보마

별은 아스라하다

해 지고
산꼭대기 근처 작은 별 하나
빛난다

빛난다기보다
가물가물한다
이제 보니 별 같은 것은
아스라한 것이구나

아스라하다는 말은 역시
별에게나 어울린다

아스라하다는 말은
가슴 저리다는 뜻이다

아직 남아 있을런지

밤 열 시 잔업 마치고
집에 왔다
피곤하다
잠 온다
오늘도
쳇바퀴 무사히 돌았구나

아!
아직
내 몸 속 어딘가에
열정 따위 있을런지
아직 남아 있을런지

거제조선소에서

마구마구 일해야 한다

오늘은 바람도 마구마구 분다

어쭈구리
이제보니 꽃도 마구마구 피네

꽃피어도 피곤하다
더 피곤하다

쓸쓸하여

정붙여 기르던
풍란이 결국 시들어서
쓸쓸하기만 하구나

아침에 일어나 보니
느티나무 연초록 이파리가
저희들끼리 우거져서
더욱 쓸쓸하기만 하구나

불혹

은근히 나도
불혹되어 봐야지
초조하여 기다린 적 있었다

막상 불혹되어보니
참 불혹이더라

더 막막하니 짜증나고
골똘함도 바닥났을 즈음

이 모든 것 떠그랄
다 부질없음이다

그것 말고 또 무엇이
불혹이겠는가

서정홍

더 이상 갈 곳이 없다더니
그 때 그 집
부자의 육하 원칙
여기서는
슬픈 까닭

1958년 5월 5일 경남 마산에서 태어남.
1990년 제1회 <마창노련 문학상> 받음.
1992년 제4회 <전태일 문학상> 받음.
시집으로 『윗몸 일으키기』(현암사), 『58년 개띠』(보리),
『아내에게 미안하다』(실천문학사)가 있고,
자녀교육 이야기 『아무리 바빠도 아버지 노릇은 해야지요』(보리)를 펴냄.

더 이상 갈 곳이 없다더니

전라도 경상도 가리지 않고
아파트 공사장 일거리 찾아 돌아다닌지
이십 년째라던 김씨
간암 진단 받자마자 다른 병까지 겹쳐
비싼 치료비로 집안살림 거덜나고
시내에서 산동네로
전세방에서 달세방으로
달세방에서 더 이상 갈 곳이 없다더니

가난한 사람들은
아플 짬도 없이 바쁘게 살다가
아무도 모르게 죽어야 한다더니

죽는다는 게
말처럼 그리 쉬운 일이 아니라고
사는 것만큼 어려운 일이라고

눈물 쏟아내던 김씨, 하늘로 갔다

더 이상 갈 곳이 없다더니

그 때 그 집

학교 가는 길에
담장이 너무 길고 높아
마당을 볼 수 없는 큰 집이
한 채 있었습니다

도지사 집이라 하기도 하고
시장 집이라 하기도 하고
국회의원 집이라 하기도 하고……

그 집에 높은 사람 산다고
어른들이 일러주었습니다
가까이 가면 절대 안 된다고

하루는, 동무들과 장난 삼아
그 집 가까이 갔다가
컹 커컹 컹컹~

개 짖는 소리가 어찌나 크던지
뒤로 벌렁 자빠질 뻔했습니다

우린, 그 뒤로
그 집 가까이 가지 않았습니다

다음날부터, 우리는
그 집 옆을 지나올 때마다
'똥개' 사는 집이라고
침을 퉤퉤 뱉었습니다

그 때 그 집
삼십 년이 지난 지금도
그대로 있습니다

부자의 육하 원칙

부자가 되려면
언제 어디서나
우선 내가 잘 먹고 잘 살아야 한다

공장에 다니거나
농사를 지어서는 늘 푼수 없고
밥 빌어먹기 딱 알맞다

수단과 방법 가리지 않고
장사를 하거나
사업을 하거나
돈놀이를 해야 한다

부자가 되려면
인정에 끌려서는 안 된다
돈 되는 일이라면

물불을 가리지 말고 달려가야 한다

부자가 되려면
우리가 잘 사는 길은 없다
오직 내가 잘 사는 길뿐이다

그 길뿐이다

여기서는

삼천 원 내면
누구든지 들어갈 수 있다

텔레비전을 보거나
운동을 하거나
잠을 자거나
때를 밀거나 말거나
여기서는 모두 자유다

상사와 부하도 없고
주인과 하인도 없고
지주와 농부도 없고
노동자와 자본가도 없고
여기서는 모두 평등하다

서로 깔보지 않고

서로 속이지 않고
서로 미워하지 않고
있는 그대로 보는 그대로
서로가 서로를 아무 말 없이 인정해 주는
여기서는 모두 자유다 평등하다
그래서 모두 아름답다

슬픈 까닭

먹을 게 없어
굶어 죽는 사람들과
먹을 게 많아
배불리 먹고도 남는 사람들이
함께 숨쉬고 있다는 것이다

이 작은 지구 안에서
이 작고 작은 땅덩어리 안에서
함께 밥을 먹고
함께 똥을 싼다는 것이다

손상열

1964년 강원 원주 출생.

1988년부터 <구로노동자문학회> 활동.

1989년 노동자시선집 『통제구역』을 통해 작품활동 시작.

순례자는 어디에 오고 있는가 2

회현역 지하도를 지난다
소한 동장군 휩쓸고 간 늦은 밤이다
한 사내가 수도승처럼 신문을 깔고 누워 있다

남대문시장이 막 새벽시장을 열자
술 취한 사람들과
양손에 짐을 든 여자가 지나간 자리
젊은 아비 품에서 넝마처럼 잠든 아이와
머리맡에 놓여 있는 우유 한 곽

까닭 없이 목이 메인다
밥도 아니고 무기도 아닌 시가 나는 시시해졌다

불감증에 대하여 2

가끔 친구들을 만나면 마흔도 안 된 나이에 마누라와 그
짓을 하려 해도 그것이 말을 안 듣는다고 넋두리한다

홀로 서른여섯 해를 살아온 내가 그들과 다를 바 없음은
나이 탓이라 치더라도 이 나라 팔아먹고 백성 등이나 처먹는
사기꾼들을 보고도 무신경한 마음은 나이 탓일까

안주 없이 마시는 술에도 취하지 않는 까닭이 무엇일까?
하고 욕만 씹는다

우울한 암각화

어두운 창에 불 밝히면
나는 국적도 없는 거리를 배회한다
시청 앞 네거리 광고탑의 다우존스지수, 폭등과 폭락장세
로 이어지는
증시의 알 수 없는 두려움
긴 잠에 빠진 공장굴뚝과 불국사 계단에 쓰러져 잠든 그
옛날 석수쟁이의 추억에 대하여
숨을 헐떡이는 나무와 햇살, 안식의 종소리가 울려 퍼지는
서울의 정오는 궁핍과 풍요로 소란하다
주말을 빠르게 빠져나가는 도시의 풍경이 종묘 앞, 햇살에
쓰러진 부랑아의 숨소리처럼 불안한
오, 우리의 파랑새는 어디로 날아갔는가

분단 이후

한반도의 분단만큼 이별이 많은
구로동에서
우리는 풍습 하나 만들었다

출근버스를 향해 돌진하던
새들의 아름다운 비행과
폭격을 피해 달아나던
불편한 발걸음
아파트와 옷가게에 밀려나는 공장들
다가서면 도망가고 도망치면 쫓아와 목을 겨누는 가난

아프리카만큼 아프리카 사람들이 가난하듯
마음은 늘 실랑이를 한다

난곡의 마지막 겨울

이제 마을 사람들은 집으로 가기 위해 등산을 하지 않아도
될 것이다
키보다 낮은 앞집 지붕, 무말랭이가 투명한 햇볕에 몸을
맡긴 오후
잠깐 동안 서울이 고요하다
정적에 그림을 그리는 채소장수의 소음 섞인 마이크소리와
동면에 들어가는 바람의 긴 그림자
언제 또 세상을 발 아래 두는 호강을 할까
어둠이 조금씩 땅을 넓히는 시간이 흘러간다

이한주

봄

짝사랑

나의 하루

田園日記

1965년 서울 출생.
1992년 〈윤상원 문학상〉 수상 후 작품활동.
1993년 〈임수경 통일문학상〉 수상.
현재 철도청에 근무함.
시집으로 『평화시장』(갈무리)이 있음.

봄

민방공 싸이렌처럼, 일제히
담벼락을 넘던
눈부시던 개나리는
열일곱 내 첫사랑만 깨워 놓고
하룻밤새
장대비에 떠내려갔습니다

환장할 봄날

짝사랑
— 평화시장 21

문틈으로
모올래 훔쳐보던 그리움이
새초롬한 바느질이 되어
한촘 한촘
가지런히 숨을 내쉬다가도
허리 펴는 짬짬이
색색가지 실먼지로
그가
내려앉으면
평화시장 10년
스물일곱의 나오시만을 뽑아댑니다

나의 하루

밤새
잘근잘근 사위어지는 나의 노동이
고개 너머 우리집
굴뚝 연기로 피어나는 시린 겨울

집에 돌아오기가 무섭게
엎어져 코를 골다가
다시
잘게 잘게 쪼개져
아궁이 속 활활 타오르는
나의 하루

田園日記

1

서울은 돈 버는 곳이 아닌 줄 알면서도
읍내행 세시 반 차가
시장기 짙은 논바닥을 가로지를 때
서울 간 누이
막내 녀석 공납금으로
꼬깃꼬깃 소식 전할 때마다
물꼬 트는 엄마 한숨은
더욱 가물어 가고

2

負債만큼 늘어선
소의 큰 그림자를 밟으며
아이가 간다

조태진

교도소, 차장, 공장, 짜장면을 위하여
목 짤린 아버지를 당신은 보고 계십니다
백운산 자락에 안개가 자욱히
오늘 아침, 섬진강에 비가 내리고 있습니다
맹인 김씨의 하모니카

1959년 서울 영등포 출생.
1989년 『노동해방문학』을 통해 작품 활동.
현재 전남 순천에서 지역언론운동 중.

교도소, 차장, 공장, 짜장면을 위하여

다시 겨울이 옵니다. 얼어죽은 걸인도 없는 겨울이 옵니다. 가출한 에미들은 여전히 달아나고 술 취한 애비들은 또다시 술에 취하는 겨울이 옵니다.

연탄불은 꺼지고 배급 밀가루마저 떨어지던 유년, 새마을 고등공민학교를 중퇴한 형은 구로공단 공원이 됐고 노점상 아버지는 단속에 걸려 영등포경찰소 유치장에서 날을 새웠습니다.

하꼬방 지붕 위 루핑이 가난보다 더 서럽게 울던 엄동추위였습니다. 벽지도 없는 흙담 벽 틈새로 웃풍이 파고들고 솜이 불 밖으로 모가지를 내놓으면 새하얀 입김이 단칸방을 얼어붙게 하는 겨울이었습니다.

뚝방동네 공동펌프가 얼면 시레기도 얼고 뚝방에 갈겨 싼 똥도 얼고 새들도, 쥐들도 얼고 뚝방 웅덩이에서 잠자다 동사한 걸인 노인을 덮은 가마니도 얼고, 웅웅 울며 애도하던 전선줄도 얼고, 볏짚에 불을 지르던 아이들의 손도 얼고, 새마을 취로사업에 나선 주민들의 어깨도 얼고……

애비들은 왜 술에 취해야 했을까? 술에 취한 아버지는 보름달이 뜰 때면 오목교 뚝방을 허위허위 저으며 '고향 갈란다, 고향 갈란다'면서 '오마니 오마니…'를 불렀습니다. 삼형제는 울며불며 '아버지 북한 공산당한테 가면 큰일나요…' 실성한 아버지의 팔을 이끌고 돌아올 때마다 휘엉청 밝았던 보름달……

에미들은 왜 밤도망을 갔을까? 무슨 부귀영화 누리려고 자식새끼 버렸겠느냐만, 지겨운 가난과 주먹질은 견딜 수 없어 밤봇짐을 쌌다고 합니다. 돈 벌어 돌아오마던 에미는 소식도 없더니 주소도 없는 소포에 학용품과 옷가지가 담겼고 동네 사람들은 처마 밑 햇살에 쪼그려 부산서 식모살이 한다더라 전라도 어디선가 술집을 한다더라……

송곳 같은 고드름을 아삭아삭 깨물던 뚝방 아이들은 철조
망을 뚫기 위해 구로공단을 기웃거렸습니다. 운 좋은 날은 훔
친 고물을 팔아 짜장면을 사먹었지만 철조망을 뚫다 잡힌 날
은 시퍼렇게 두들겨 맞았습니다.

공장이 지긋지긋하다던 누나들은 술집에 가고 차장이 됐습
니다, 상하이 트위스틀 추며 병나발 소주를 들이키고, 팔목에
피를 그으며 가난에 깨지지 않겠다고 맹세하던 형들은 소년
원에 가고 구두를 닦았습니다.

망치부대가 집을 부수면 돌을 던졌고 부순 자리에 움막을
짓고 잠을 잤습니다. 동네 주민을 모아놓고 밀가루 배급하던
통장은 법을 어기면 안 된다고 일장연설했지만 부서진 아이
들은 더 부서지지 않기 위해 주먹을 쥐고 각목을 들고 불깡
통을 돌리며 깽판을 죽였습니다.

목 짤린 아버지를 당신은 보고 계십니다
— 태일 형에게

짤린 손가락을 잇는 봉합수술보다
짤린 목을 부치는 수술이 더 어렵습니다.
짤린 목이 짤리지 않은 듯 태연스레
새끼들의 눈망울을 지켜보는 일은
목 짤린 통증보다 더 고통스럽습니다.
아버지 목이 짤리면 아이들의 목도 짤리고
아이들의 목이 짤리면 또 무엇이 짤릴지 모릅니다.
순한 눈빛의 당신은 목도 없이 걸어다니는
형제를 보고 계십니다.
우리는 형의 풀빵을 잊지 않았습니다.
각혈하는 누이에게 준 풀빵으로 인해
구로공단에서 마창에서 거제에서
노동해방의 망치질이 거셌지만
설마 이렇게 노동해방이 올 줄은
목도 없는 노동해방이 올 줄은 꿈에도 몰랐습니다.
3개월 실직수당이 끝나던 날

통장에서 마지막 수당을 털던 날
목 없는 아버지가 사온 라면을 먹던 새끼들,
태일 형 당신은 모르실 겁니다.
아버지가 왜 아버지인가를
목을 붙들고 애절하게 매달려야 하는 아버지의 투쟁을
새끼들을 위해 비겁의 무릎을 꿇는 아버지의 저항을
몸을 던질 수도 끊을 수도 없는 아버지의 목숨을
노동의 아버지가 실직의 아버지로
희망의 아버지가 절망의 아버지로
밥의 아버지가 라면의 아버지로
집 없는 아버지가 길거리 아버지로
아, 아버지 아버지……
목이 없는 아버지들은 또 어디로 가야 하는지
이 무거운 하루를 이고 지고
구인도 구직도 없는 실직의 시대를 걸어갑니다.
당신은 편히 잠들지 못하고
저희도 편히 잠들지 못하고

백운산 자락에 안개가 자욱히

엊그제 섬진강에 비가 내리더니
오늘 아침에는 백운산 자락에
안개가 자욱히 깔렸습니다.
붉게 타는 가을 산도
감추고 싶은 아픔이 있을까

엎치락뒤치락 엉켜서 희희낙락
난마로 얽힌 세상은 풀리지 않는데
순식간에 안개가 걷히고
산 안개 뒤에 숨은 아침 햇살이
흰 이를 드러내고 말끔히 웃습니다.

도적 같은 삶이어서 일까?
그새를 참지 못한 차들이
비상등을 켜고 악세레다를 밟습니다.
도로 곳곳의 타이어 바퀴자국과 표지판은

‘천천히’, ‘사고위험’을 경고하지만
속도전의 아침은 추월경쟁으로 치열합니다.
자신도 잡지 못하면서 앞차를 잡으려는
욕망의 악세레다가 도시 깊숙이 잠입합니다.

오늘 아침, 섬진강에 비가 내리고 있습니다

쑥부쟁이 구절초도 아무렇게나 피었고
주렁주렁 매달린 감도 아무렇게나 열렸거든
아무렇게나 흐르는 가을 섬진강에 가을비는 내리는데
왜 우리는 아무렇게나 피지 못합니까.
섬진강은 속울음 울며 흐르는데
왜 강물 같은 정의는 흐르지 않고
사람의 저녁밥 연기는 끊겼습니까.

누이도 아우도 다 어디로 가고
섬진강에는 늙은 아비 어미만 남아서
알곡 털어 낸 볏단을 묶어 세웁니다.
뼈가 아픈 아비는 대처로 나간 자식에게
서로 묶여 함께 일어서고 쓰러지며
눈물도 한숨도 함께 비벼 먹으며
의지가지 해야 쓴다고 타일렀습니다.

가을걷이를 끝낸 섬진강 아비 어미는
휘어진 노동으로 한숨지며 누웠는데
땀도 없이 식량을 채우는 식구들은
어미 아비를 잊고도 허기지지 않습니다.
데미샘 산자락에서 눈 뜬 섬진강은
욕창 같은 세상을 용서한 장강은
눈물도 기쁨도 흘러가는 것이라며
누이의 가을 웃음을 흘립니다.
'왜 그렇게 사느냐'
'왜 그렇게 죽느냐'
가을 산 단풍이 꾸짖습니다.
이웃의 고통 외면한 우리들의 죄가
엎드려 눈물 흘리지 않으므로
가을 강에 비가 내립니다.

밟히지 않기 위해서는 밟아야 한다고

제압하지 않으면 제압당한다고
살기 띤 눈빛으로 세상은 다 그런 거라며
제 밥 한술도 아까워 나누지 않은 채
제 눈물 한 방울도 허투루 흘리지 않은 채
사랑을 말하는 누이여 아우여
증오도 분노도 다 품어 씻겨주는
저 깊어 가는 가을 섬진강에서
'사느라 얼마나 아팠느냐'고
'외로움에 얼마나 슬펐냐'고
거짓 헛바늘을 뽑고 진실로
내가 너로 인해 살겠노라
너는 나로 인해 살아다오
거짓의 분을 섬진강에 지우고
맨 얼굴로 만나기를
겹겹이 훔쳐 입은 거짓을 벗고
맨 알몸으로 섬진강에서

맹인 김씨의 하모니카

움츠린 어깨 위로 홍시 같은 해가 지고
저문 세상 위로 바람이 뒹굽니다.
낙엽이 지고 서릿발이 내리면
행인들은 사납게 마음을 닫습니다.
풍악 같은 네온이 대낮처럼 환한데도
외로움에 걸려 넘어진 사람들은
눈물 젖지 않은 빵을 어둡게 먹습니다.
하모니카로 찬송하는 맹인 김씨가
바다 같은 자비를 호소하지만
행인들은 손목 짤린 듯
호주머니에 손을 찌른 채
앞만 보고 걸어갑니다.
슬픔의 가두시위를 벌이던 김씨는
슬픔의 차비도 다 떨어졌을 텐데
슬픔의 터미널엔 버스도 끊겼는데
어디들 가느냐고 하모니카를 붑니다

작동하는 기계들의 시

조기조

　나는 기계들을 만들며 살았다. 기계들은 각각 하나의 원소들
이었다가 재료로 바뀌고 요소로 가공되고 조립되어 하나의 구조
물이 된다. 처음에 그것은 내게 하나의 거대한 쇳덩이 구조물로
밖에 느껴지지가 않았다. 차츰 시간이 지나면서, 내가 그 쇳덩이
구조물과 대화를 나누기 시작하면서 그것은 하나의 세련된 기계
로 보이기 시작했다. 나는 그 기계들과 시퀀스(sequence) 기호
체계를 통해서 서로 정보를 주고받는 대화를 하게 되었다. 우리
들의 대화를 충분히 원만한 것으로 만드는 데 결정적인 역할을

하는 것은 AND(논리), NOT(논리부정), OR(논리합)이라는, 변증법적 사유 체계를 닮은 기호들이다. 그 세 가지 기호들이 어떻게 순차적으로 배열되느냐에 따라서 우리들은 서로 트러블을 발생시키기도 하고 반대로 아주 성공적으로 작동하기도 한다. 그것이 아주 성공적일 때는 나는 기계들에게 아낌없는 예찬을 하지 않을 수가 없다. 무기물적 구조물이 하나의 살아 움직이는 기계로 탄생하는 순간 나는 그 기계들에 어떤 미적 가치나 인격적 의미마저 부여하곤 했다.

나는 곧 한 권의 시집으로 탄생할 <일과시>의 원고 뭉치를 앞에 놓고 내 기계 체험의 그것과 유사한 전율을 맛보고 있다. 단지 종이 위에 잉크로 인쇄된 문자 기호들에 불과한 이 원고들을 하나 하나 읽어나가는 가운데 내가 서서히 작동됨을 느낀다. 물론 여기에는 내 능동적 행위가 얹혀 있기는 하지만 나를 가동시키는 힘의 원천은 온전히 원고 속에 있는 활자, 그 활자를 생성시키는 시인들의 노동과 사유가 묵직하게 실린 삶에 있다는 것은 두말할 필요가 없을 것이다. 그들의 삶의 코드가 내 것과 거의 일치하고 있음을 알리는 전율이다. 나는 그것을 AND(노동), NOT(사유), OR(예술)의 기호들이 배열된 삶의 시퀀스라고 부르고 싶다. 노동을 하면서 사는 삶에 대한 깊고 넓은 사유를 통해서 빚어낸 예술품들인 이 시집의 원고들은 생산자인 자신들의 삶에 동력을 걸고 그것으로 읽는이를 가동시키며 이 세계를 작동시키는 하나의 아주 중요한 기재가 아닐 수 없다.

　　<일과시>는 하나의 공통된 주제의식을 가지고 집중적으로 생산하는 통합생산 방식을 채택하여 자신들의 삶을 작동시키고 있다. 그런 의미에서 <일과시>는 확실히 코뮌적이다. 한국에서 통합생산 방식을 채택한 시운동은 1980년대의 몇몇 동인들에 의해서 코뮌적 아우라를 형성하기도 했으나 1990년대 이후로는 단연코 <일과시>밖에 없다는 점에서 독보적 지위까지 점하고 있다. 그 독보적 지위는, 거칠게 사용하던 육체적 힘을 예술적 사유 속으로 끌어들여 창조적이고 생산적인 것으로 전환시키는 운동들에게 좋은 참조와 의지가 되지 않을 수 없다는 데서 더욱 그 가치의 빛을 발할 것이다. 이들이 1993년 『햇살은 누구에게나 따스히 내리지 않았다』라는 첫 동인지 이후 거의 매년 작동하는, 그러면서 작동시키는 기계들을 생산해내고 있음은 주지의 사실이다. 더구나 그 시간들은 노동자들에게는 그야말로 최악이 아니었던가. <일과시>가 최악의 상황에서 최선의 생산을 지금 이렇게 보여주고 있는 것에 대해서 우리는 어떠한 찬사도 아낄 수가 없는 것이다.

　　이제 우리들의 공장에 <일과시>가 생산한 제6의 기계 『연둣빛 새순』이 새로 들어온다. 여기 제6의 기계를 힘차게 돌리고 있는 김기홍, 김해화, 문영규, 서정홍, 손상열, 이한주, 조태진 등에 대해서는 굳이 더 설명을 붙일 필요가 없을 것이다. 약간의 시차가 있으나 함께 또는 각각의 활동을 이미 오래 전부터 보여준 사람들이다. 그리고 그 모습들은 항상적이다. 또 이들이 서로

제각각 낭만적이거나, 전투적이거나, 우화적이거나, 냉소적이거나, 복고적이거나 할 때조차도 그렇게 내딛어보는 노정의 시발은 노동하며 투쟁하는 삶의 자리라는 점을 여실히 보여주고 있는 사람들이라는 것도 우리는 잘 알고 있기 때문이다. 특별히 새로 <일과시>의 통합생산에 가세한 두 사람을 소개하자면, "사람이어서 사람을 미워하고/ 사람 때문에 울기도" 한다는, 신파문체를 통해 보살적 오지랖으로 세상을 끌어안고자 하는 김해자와, "내 밥그릇 두 개면/ 누구 하난 밥그릇이 없다는 것"을 "잡범 징역 세 번을 살"며 배웠다는, 한국판 비용(F. villon)을 연상시키는 송경동인데, 이들은 인천과 구로의 노동자문학회에서 오래 전부터 <일과시>와의 링커(linker)들로 활약을 해온 사람들이다. 김해자 또한 이미 문단적 세례를 받은 바가 있다. 다만 송경동만이 자신의 예술적 삶을 집중적으로 보여주기는 처음인데 아직 뭐라고 말하기는 이르지만 지금까지의 우리들의 작업과는 다른, 아니 우리들의 작업을 해체시켜 줄 어떤 조짐을 보여주고 있음을 어렵지 않게 감지하게 된다.

<일과시>의 제6의 기계를 시운전해 보건데, 지난 제1의 기계에서 제5의 기계까지에서 보여준 것과 마찬가지로 튼튼한 구조와 성능을 탑재시켜 놓고 있다고 할 수 있겠다. 기계의 생명력은 바로 기본적인 튼튼한 구조에서 오랫동안 지속 가능하게 된다는 것을 우리는 잘 알고 있다. 모든 동력 발생의 첫 모양은

회전 운동이다. 회전운동은 우리들의 몸의, 생산하는 기계들의, 공장의, 우주의, 본원적 동력의 형태인 것이다. 기계들의 직선운동도 그 회전운동을 하는 피니언(pinion)에 얹힌 래크(rack)들이며 그 래크들의 교차 운동은 사선운동이 되며, 또 그 각각의 운동들이 동시적으로 조합적으로 행해지는 것이 부드러운 곡선 운동이라는 것은 누구나 알고 있지 않은가. <일과시>는 운동들 가운데 바로 그 본원적 동력을 탐구 대상으로 삼는 데 여일한 의지를 보여주고 있다. 다시 말해 그것은 자신들의 삶을 작동하지 않는 기계로 만드는 자본에 대한 치열한 적대 속에서 동력을 발생시키려고 한다는 것이다.

> 밟히지 않기 위해서는 밟아야 한다고
> 제압하지 않으면 제압당한다고
> 살기 띤 눈빛으로 세상은 다 그런 거라며
> 제 밥 한 술도 아까워 나누지 않은 채
> 제 눈물 한 방울도 허투루 흘리지 않은 채
> 사랑을 말하는 누이여 아우여
>   - 조태진 「오늘 아침, 섬진강에 비가 내리고 있습니다」 부분

물론 이러한 적대는 한 극단을 보여주고 있다고 할 수도 있겠지만 그렇게까지 밀려가는 이유는 자본으로부터 심하게 훼손당한 삶에서 오는 절박함이다.

깎을 만큼 깎고 견딜 만큼 견뎠는데
기다리라 해서 기다려도 봤는데
돌아가다 말다 하던 콘베어벨트는 끝내 멈췄다
- 김해자, 「大宇雨中」 부분

　기계가 멈추는 것은 작은 한 부품의 마모에서 시작된다. "한 대의 기계를 고치며/ 작은 볼트 하나가 얼마나 큰 역할을 하는"지 우리는 잘 알고 있다. 하지만 현실은 그 작은 부분은 중요하게 인식하지 않고 있다. 곪은 부위에 새살이 돋게 치유하기 보다 외과 수술을 통해 도려내기에 급급한 것이 오늘날의 현실이다. 한 개의 부품의 상처에서 터져 나오는 절규는 단지 한 개의 부품의 절규가 아니라 기계 전체의 절규라는 것을 생각하지 못하고 있는 것이다. <일과시>가 현실의 부정성에 대한 불굴의 적대를 통에서 자신의 삶을 끊임없이 작동하는 기계로 만들려고 하는 것은 기계 전체의 작동을 겨냥하고 있는 셈이다.

모래집을 짓다 허물다 녀석은
꽃을 머금은 화초의 순을 떼기 시작했다

아이, 글지 마라!
더운 발 추운 날 견뎌 왔는데
저것들 꿈을 뺏으면 얼마나 아프것냐
즈그 식구들은 또 얼마나 울겄냐
- 김기홍 「아이의 꿈」 부분

　　<일과시>의 제6의 기계는 21세기의 벽두에 그 포장을 열지만, <일과시>가 삶의 회전운동에서 구심력을 잃지 않으려고 애쓰는 점은 20세기적 성과의 연장이라고 할 수 있을 것이다. 20세기는 산업사회적 생산방식인 소품종 다량생산 방식을 특징으로 하는 기계들의 생산 시대였다고 할 수가 있다. 하지만 우리는 지금 21세기를 살기 시작했다. 21세기의 서막은 포스트포드주의적 다품종 소량생산 방식 위에서 열리고 있음을 우리는 동의하지 않을 수가 없다. 하지만 우리가 그것을 모방할 필요는 전혀 없을 것이다. 모방이 아니라 우리는 바로 그것을 넘어설 것을 요구받고 있는 것이다. 아마도 새로운 생산 방식은 삶의 욕구에 따른 변품종 변량생산이라는 이름이 될 것이다. 변품종 변량생산은 자유자재의 변형과 실험을 통해 우리의 욕구의 내용에 맞게 또 적시에 어떤 삶이라도 생산해낼 수 있는 방식일 것이다. 그것이 결코 우리의 삶을 망가뜨리는 자본에 대한 적대의 철회를 통해서 가능하지 않다는 것을 분명히 하면서, 또 적대에만 매몰되지도 않으면서 시도되어야 할 것이다. 우리들의 코뮌적인 지적 통합생산 시스템에 변품종 변량생산 방식을 적용하는 것은 대단히 큰 실험이 될 것이고 또 그것은 아무도 흉내낼 수 없는 독특한 실험이 될 것이다.

　　기계만들기에서도 그것은 충분히 경험되는 일이다. 아무리 논리정합성에 맞추어 회로를 구성해도 그 성능이 기대에 못 미치는 경우가 있다. 기계의 각 유니트(unit)별 특성이나 작업의 조

건 등이 고려되어 그것이 반영되는 회로에서는, 시퀀스 기호들의 역전이 일어나기도 하고 기호들의 다중(多重)적 조합의 변이적 구성이 이루어지기도 하는데, 그때 전혀 예기치 못한 높은 성능을 보여주는 새로운 기계의 탄생을 맞기도 하는 것이다. 그것을 새로운 버전이라고 하든 퓨전이라고 하든 우리는 개의치 않을 것이다. 그리고 그 실험들은 종래의 기호 체계로는 작성할 수 없는 새로운 매뉴얼을 우리에게 제공해 줄 것이다. 별종적 삶(AND), 예술적 사유(NOT), 작동하는 세계(OR) 등과 같은 기호들로 짜여진 매뉴얼을 말이다. 각각 독특한 매뉴얼을 가지고 있는 기계들, 그리고 그 기계들의 네트웍 구성, 그래서 지구 전체가 하나의 생산라인이 되어 연동되는 것을 상상해 보라. 『연둣빛 새순』처럼 벌써 희망의 예감이 돋아 나오지 않는가.

마이노리티시선 10

연둣빛 새순

초판인쇄 / 2001년 2월 20일
초판발행 / 2001년 2월 27일

지은이 / 일과시
펴낸이 / 장민성
펴낸곳 / 도서출판 **갈무리**
등록번호 / 제17-161호
등록일자 / 1994. 3. 3.

서울 서초구 방배동 448-19호 1층
전화 / 02-598-4498   팩스 / 02-597-6846

주문·배본 / 한국출판협동조합 716-5616~9

web page   http://galmuri.co.kr
e-mail   galmuri@galmuri.co.kr

ISBN   89-86114-36-4   04810
        89-86114-26-7   (세트)

★ 잘못 만들어진 책은 바꾸어 드립니다.

이 동인지에 수록된 시들은 경기문화재단 문화예술진흥 지원금을 받아 창작되었음.

갈무리 신서

1. **오늘의 세계경제 : 위기와 전망**

   크리스 하먼 지음 / 이원영 편역

   1990년대에 자본주의 세계경제가 직면한 위기의 성격과 그 내적 동력을 이론적 · 실증적으로 해부한 경제분석서.

2. **동유럽에서의 계급투쟁 : 1945~1983**

   크리스 하먼 지음 / 김형주 옮김

   1945~1983년에 걸쳐 스딸린주의 관료정권에 대항하는 동유럽 노동자계급의 투쟁이 어떻게 전개되어 왔는가를 실증적으로 분석한 역사서.

3. **오늘날의 노동자계급**

   알렉스 캘리니코스 · 크리스 하먼 지음 / 이원영 옮김

   현대자본주의 사회에서 노동자계급의 구성과 역할, 그리고 성격이 어떻게 변화하고 있는가를 실증적으로 분석한 책.

5. **서유럽 사회주의의 역사 : 1944~1985**

   이안 버첼 지음 / 배일룡 · 서창현 옮김

   유럽 사회민주주의 정당들과 공산당들의 역사를 실제 행동을 중심으로 분석한 책.

6. **현대자본주의와 민족문제**

   알렉스 캘리니코스 외 지음 / 배일룡 편역

   자본 국제화의 과정에서 국민국가의 위상은 어떻게 바뀔 것인가를 둘러싸고 전개된 논쟁집.

7. **소련의 해체와 그 이후의 동유럽**

   크리스 하먼 · 마이크 헤인즈 지음 / 이원영 편역

   소련 해체 과정의 저변에서 작용하고 있는 사회적 동력을 분석하고 그 이후 동유럽 사회가 처해 있는 심각한 위기와 그 성격을 해부한 역사분석서.

8. **현대 철학의 두 가지 전통과 마르크스주의**

   알렉스 캘리니코스 지음 / 정남영 옮김

   현대철학의 역사에 대한 비판적 분석을 통해 철학에서 마르크스주의의 역할은 무엇인가를 집중적으로 탐구한 철학개론서.

9. **현대 프랑스 철학의 성격 논쟁**

   알렉스 캘리니코스 외 지음 / 이원영 편역 · 해제

   알뛰세의 구조주의 철학과 포스트구조주의의 성격 문제를 둘러싸고 영국의 국제사회주의자들 내부에서 벌어졌던 논쟁을 묶은 책.

11. **안토니오 그람시의 단층들**

   페리 앤더슨 · 칼 보그 외 지음 / 김현우 · 신진욱 · 허준석 편역

   마르크스주의 내에서 그리고 밖에서 그람시에게 미친 지적 영향의 다양성을 강조하면서 정치적 위기들과 대격변들, 숨가쁘게 변화하는 상황에 대한 그람시의 개입을 다각도로 탐구하고 있는 책.

12. **배반당한 혁명**

   레온 뜨로츠키 지음 / 김성훈 옮김

소련의 스딸린주의 체제가 한창 위세를 떨치던 1930년대. 혁명적 마르크스주의의 입장에서 통계수치와 신문기사 등 구체적인 자료를 바탕으로 소련 사회와 스딸린주의 정치 체제의 성격을 파헤치고 그 미래를 전망한 뜨로츠키의 대표적 정치분석서.

13. 들뢰즈의 철학사상

마이클 하트 지음 / 이성민 · 서창현 옮김

들뢰즈 철학사상의 발전을 분석한 철학개론서이자 현대 프랑스 철학과 포스트구조주의 사상을 이해하는 데 커다란 도움을 줄 수 있는 입문서.

14. 포스트모더니즘 이후의 정치와 문화

마이클 라이언 지음 / 나병철 · 이경훈 옮김

마르크스주의와 해체론의 연계문제를 다양한 현대사상의 문맥에서 보다 확장시키는 한편, 실제의 정치와 문화에 구체적으로 적용시키는 철학적 문화 분석서.

15. 디오니소스의 노동 · I

안토니오 네그리 · 마이클 하트 지음 / 이원영 옮김

'시간에 의한 사물들의 형성'이자 '살아있는 형식부여적 불'로서의 '디오니소스의 노동', 즉 '기쁨의 실천'을 서술한 책.

16. 디오니소스의 노동 · II

안토니오 네그리 · 마이클 하트 지음 / 이원영 옮김

이탈리아 아우토노미아운동의 지도적 이론가였으며 현재 파리 제8대학 교수로『전미래』지를 주도하고 있는 안토니오 네그리와 그의 제자이자 가장 긴밀한 협력자이면서 듀크대학 교수인 마이클 하트가 공동집필한 정치철학서.

17. 이딸리아 자율주의 정치철학 · 1

쎄르지오 볼로냐 · 안또니오 네그리 외 지음 / 이원영 편역

이딸리아 아우또노미아 운동의 이론적 표현물 중의 하나인 자율주의 정치철학이 형성된 역사적 배경과 마르크스주의 전통 속에서 자율주의 철학의 독특성과 1980년대 이후 1990년대 중반에 이르기까지 그것이 거두어 온 발전적 성과를 집약한 책.

19. 사빠띠스따

해리 클리버 지음 / 이원영 · 서창현 옮김

미국의 대표적인 자율주의적 마르크스주의자이며 사빠띠스따 행동위원회의 활동적 일원인 해리 클리버 교수(미국 텍사스대학 정치경제학 교수)의 진지하면서도 읽기 쉬운 정치논문 모음집.

20. 신자유주의와 화폐의 정치

워너 본펠드 · 존 홀러웨이 편저 / 이원영 옮김

사회관계의 한 형식으로서의, 계급투쟁의 한 형식으로서의 화폐에 대한 탐구, 이 책 전체에 중심적인 것은, 화폐적 불안정성의 이면은 노동의 불복종적 권력이라는 것을 이해하는 것이다.

21. 정보시대의 노동전략 : 슘페터 추종자의 자본전략을 넘어서

이상락 지음

슘페터 추종자들의 자본주의 발전 전략을 정치적으로 해석함으로써 자본의 전략을 좀더 밀도있게 노동의 관점에서 분석하고 또 이로부터 자본주의 체제를 넘어서려는 새로운 노동 전략을 추출해 낸다.

22. 미래로 돌아가다

안또니오 네그리 · 펠릭스 가따리 지음 / 조정환 편역

1968년 이후 등장한 새로운 집단적 주체와 전복적 정치 그리고 연합의 새로운 노선을 제시한 철학 · 정치학입문서.